Dragonero despega

EDICIONES
ekaré

Traducción: Carmen Diana Dearden

Primera edición, 2014

© 2013 Josh Lacey, texto
© 2013 Garry Parsons, ilustraciones
© 2014 Ediciones Ekaré

Av. Luis Roche, Edif. Banco del Libro, Altamira Sur.
Caracas 1060, Venezuela

C/ Sant Agustí, 6, bajos, 08012 Barcelona, España

www.ekare.com

Publicado por primera vez en inglés en 2013 por Andersen Press Limited
Título original: *The Dragonsitter takes off*

ISBN 978-84-942081-9-5
Depósito Legal B.20344.2014

Dragonero

despega

Josh Lacey

Ilustrado por Garry Parsons

Ediciones Ekaré

De: Eduardo Pérez Escabeche
Para: Manuel Escabeche
Fecha: lunes 17 de octubre
Asunto: Malas noticias

Querido tío Manuel,

Sé que no quieres que te molesten, pero tengo muy malas noticias.

Ziggy ha desaparecido.

Mamá dice que estaba dormido sobre la alfombra cuando ella se fue a acostar, pero esta mañana no lo hemos podido encontrar en ninguna parte.

Lo lamento de veras, tío Manuel. Solo hemos estado cuidándolo una noche y ya huyó.

Parece que no le gusta nada estar aquí.

La verdad, parecía deprimido cuando lo dejaste. Le compré una bolsa de bombones, pero no se comió ni uno solo.

He estado leyendo tus notas. Hay mucha información útil sobre horarios de comida y cómo cortarle las garras, pero nada sobre qué hacer si desaparece.

Tío Manuel, ¿deberíamos salir a buscarlo? ¿Dónde?

Edu

De: Eduardo Pérez Escabeche
Para: Manuel Escabeche
Fecha: lunes 17 de octubre
Asunto: Sigue desaparecido

Querido tío Manuel,

Ya regresamos del colegio y Ziggy no ha vuelto aún.

Mientras volvíamos a casa, Emiliana dijo que lo había visto comiendo tostadas en un café.

Ya iba yo en carrera a buscarlo cuando me gritó: "¡Es una broma!".

No sé por qué cree que es muy cómica, porque en realidad no lo es.

Mamá llamó al señor McRoble. Dijo que mañana a primera hora iba a remar hasta tu isla y buscar a Ziggy. Ahora no puede ir porque hay una tormenta.

Te aviso en cuanto sepamos de él.

Edu

Querido tío Manuel,

No te preocupes por mis otros dos correos. ¡Encontramos a Ziggy!

¡Estaba en el armario de las sábanas! Supongo que se metió allí porque es calentito.

Mamá fue quien lo encontró. Pensarás que se alegró al verlo, pero no. Se puso furiosa. Dijo que no quería que un dragón sucio le desarreglara sus sábanas limpias. Lo agarró por la nariz y trató de sacarlo, pero a él no le gustó eso nada. Afortunadamente mamá quitó su mano muy rápido. Si no, se la hubiera quemado.

Creo que te va a cobrar por volver a pintar la pared donde chamuscó la pintura.

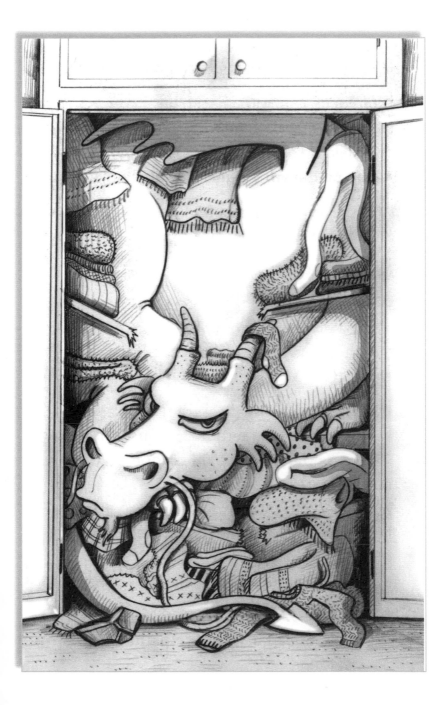

Creo que todavía está deprimido.

Esta noche comimos macarrones con queso. Le guardé una porción a Ziggy y la dejé delante del armario de las sábanas. Acabo de ir a ver y no ha tocado su plato.

Pero por lo menos está aquí y no deambulando por las calles.

Abrazos,

Edu

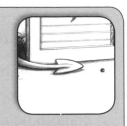

Querido tío Manuel,

Solo quería contarte que nada ha cambiado.

Ziggy no sale del armario de las sábanas.

Y no ha comido nada. Ni siquiera un bombón.

Estoy muy preocupado por él.

Y para ser honesto, también estoy un poco molesto porque tenía planeado llevarlo al colegio hoy.

Cuando le dije a la profesora Mora por qué no había llevado nada para mi exposición, se rió y me dijo que podía hacerlo la semana próxima.

Espero que para entonces Ziggy ya haya salido del armario.

Edu

Hola, Edu,

Lamento no haberte respondido antes, pero nos tienen prohibido usar aparatos electrónicos en este retiro. Me escapé al pueblo para leer mis correos.

Por favor, dile a tu madre que lamento mucho lo de sus sábanas y que, por supuesto, le compraré todo nuevo. Y no te preocupes por el apetito de Ziggy: si le da hambre, comerá.

Gracias otra vez por cuidarlo. De otra forma, no hubiera podido venir aquí.

El retiro es agotador y extrañamente maravilloso. Nos despiertan a las 5:00 de la mañana y pasamos cuatro horas sentados en silencio antes de desayunar. El resto del día hacemos yoga, con una pausa para comer curry de vegetales con arroz. Mi mente está clara y mi cuerpo se tuerce en posiciones raras que no hubiera podido hacer hace una semana.

Abrazos afectuosos de tu tío,

Manuel

Querido tío Manuel,

¿Estás seguro de que Ziggy es un chico?

Yo creo que puede ser una chica.

Probablemente te preguntarás por qué lo digo, y, la respuesta es muy simple: ha puesto un huevo en el armario de las sábanas.

Ahora entiendo por qué le gusta estar allí dentro. No solo porque es calentito, sino porque se ha hecho un nido con las sábanas y paños limpios de mamá.

El huevo es verde brillante y del tamaño de un casco de bici. ¿Crees que lo podría llevar la semana entrante al colegio para enseñarlo?

Prometo no dejarlo caer.

Ziggy sigue sin comer. Mamá dice que ella siempre vivía hambrienta cuando estaba embarazada de Emiliana y de mí, pero que quizás los dragones son diferentes.

Edu

Querido tío Manuel,

Hay una pequeña grieta en el huevo. Estoy seguro de que ayer no estaba.

Mamá dice que tengo que ir a la escuela, pero no quiero. ¿Y si nace el bebé y no estoy aquí?

Me está llamando. Tengo que irme.

¡Es injusto!

Si recibes esto, ¿puedes, por favor por favor por favor, llamar a mamá y decirle que alguien tiene que quedarse con el huevo?

E.

Querido tío Manuel,

Me alegra poder decir que el bebé no ha nacido todavía.

Cuando mamá nos recogió del colegio fui directo al armario de las sábanas.

El huevo seguía allí.

Pero ha cambiado; tiene más grietas.

Y también se sacude y tiembla como si algo se moviera debajo de la superficie.

No voy a dormir esta noche.

Edu

De: Eduardo Pérez Escabeche
Para: Manuel Escabeche
Fecha: sábado 22 de octubre
Asunto: Apareció

Archivos adjuntos: su primer paso; cumpleaños

Querido tío Manuel,

Este ha sido el día más asombroso de mi vida. Acabo de ver a un bebé dragón nacer.

No me quedé despierto anoche. Mamá nos obligó a Emiliana y a mí a ir a la cama.

Traté de escaparme de mi cuarto, pero me oyó y me mandó de vuelta.

Entonces traté de quedarme despierto, pero creo que me dormí porque cuando abrí los ojos eran las 6:43 de la mañana.

Salí de la cama y bajé de puntillas al armario de las sábanas. Creí que me lo había perdido todo, pero allí estaba el huevo, entero.

Aunque había cambiado otra vez. Estaba

todo lleno de pequeñas grietas.

Me quedé por lo menos media hora
mirando y esperando, pero no pasó nada.

Iba a bajar a desayunar cuando la cáscara
se abrió y salió una pata.

Me quedé inmóvil. Creo que ni siquiera
respiré.

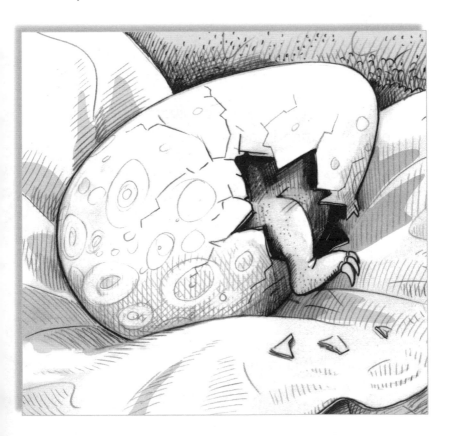

La patita verde se meneó y bamboleó. Podía ver cómo las cuatro garras mínimas se estiraban y encogían, como si estuvieran tratando de encontrar algo de que agarrarse.

Pensé que Ziggy haría algo al respecto, pero no hizo más que mirar. De repente, se resquebrajó más la cáscara y salió otra pata.

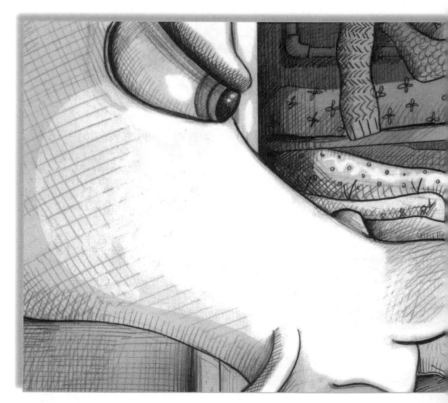

Luego, una parte del cuerpo. Y una cabeza.

Y ahí estaba.

Un dragón bebé del tamaño de una pequeña paloma.

Salió del huevo y rodó encima de una funda, dejando un rastro de cáscaras rotas. Si lo hubiera recogido (que no lo hice) hubiera cabido en la palma de mi mano.

Entonces fue que Ziggy por fin pareció ver a su bebé. Se le acercó y empezó a lamerlo.

Corrí arriba y saqué comida de la nevera. Ziggy aún no come, pero el bebé parece hambriento. Ya se ha tomado un tazón de leche, dos calabacines y media salchicha.

Quería darle un poco de chocolate como premio, pero no sé si los dulces son buenos para los bebés.

Desearía que estuvieras aquí para que lo vieses.

Abrazos,

Edu

De: Manuel Escabeche

Para: Eduardo Pérez Escabeche

Fecha: domingo 23 de octubre

Asunto: RE: Apareció

 **Archivos adjuntos:** Cuidado con el dragón

Hola, Edu,

Me puse muy contento al recibir tu correo y las bellas fotos. ¡Qué noticia tan maravillosa! Estoy encantado y, en realidad, un poco envidioso. Una de mis grandes ambiciones siempre ha sido ver un dragón nacer.

También me siento bastante estúpido. Nunca se me ocurrió que Ziggy pudiera ser hembra. Supongo que podría haberlo comprobado, pero conozco a un señor

que perdió tres dedos haciéndolo, así que nunca lo intenté.

Lo que me recuerda: ¡no toques al bebé! Te puede morder.

He discutido mis circunstancias con Swami Cosquillero y me recomendó no dejar el retiro antes de tiempo. ¿Te importaría seguir cuidando a Ziggy y su bebé por unos días más? Podré irme al final de la semana, tal como estaba planificado.

Manuel

Querido tío Manuel,

No te preocupes por eso de que el bebé pueda morder. Es amigable y dulce. Todo lo que hace es jugar y comer y dormir.

También hace caca, pero es muy chiquita, así que no me importa limpiarla.

Emiliana dice que es lo más lindo que ha visto.

Lo he llamado Arturo. Espero que te guste el nombre. Si prefieres otro, déjame saberlo lo mas pronto posible (LMPP).

Obviamente, no sé si es hembra o macho y no voy a tratar de descubrirlo, pero a mí me parece muy varonil.

Si algún día pone un huevo, ¿lo podrías llamar Gwendolina? Ese lo escogió Emiliana y le prometí que podríamos ponérselo si resultara ser una ella.

En estos momentos está acurrucado con Ziggy en el armario de las sábanas. Mamá está haciendo un montón de pasta con salsa napolitana para todos, incluyendo a los dragones.

Abrazos,

Edu

De: Eduardo Pérez Escabeche
Para: Manuel Escabeche
Fecha: lunes 24 de octubre
Asunto: ¡AUXILIO!

Archivos adjuntos: Mamá contraataca

Querido tío Manuel,

Tienes que ayudarnos. Hay un enorme dragón en nuestro jardín y no se quiere ir.

Llegó justo antes de la hora de dormir. Mamá estaba preparando la bañera cuando oímos un sonido terrible.

Mamá pensó que se había caído el techo. Yo pensé que un asteroide había chocado con la casa.

Corrimos fuera a ver.

Lo primero que vimos fue la antena de la televisión en medio del jardín.

Y como veinte tejas a su lado.

Entonces entendimos por qué.

Había un enorme dragón sentado
sobre nuestra casa. Salía humo de su
nariz y movía la cola de un lado a otro,
destrozando más tejas.

Parece que Ziggy también oyó el ruido,
porque salió a ver qué pasaba.

En lo que vio al dragón le sopló una llamarada tremenda. Creí que era su manera de saludarlo, pero pronto me di cuenta de que lo estaba ahuyentando.

No sirvió de nada. El gran dragón voló hacia ella, escupiendo llamas de su nariz como si quisiera asarla viva.

Ziggy se metió en la casa, arrastrando a Arturo con ella.

El gran dragón trató de seguirnos dentro de la casa pero mamá lo echó.

Le pegó en la nariz con la escoba.

Le dije que tuviera cuidado, pero me contestó que no le tenía miedo a ningún dragón imbécil, no importa cuán feroz pareciera.

Acaba de llamarte por teléfono siete veces. Le dije que no estabas escuchando mensajes, pero siguió dejándolos de todas maneras.

Si recibes esto, llama LMPP.

Edu

De: Eduardo Pérez Escabeche
Para: Manuel Escabeche
Fecha: lunes 24 de octubre
Asunto: ¿¿¿¿ADIÓS????

 Archivos adjuntos: Espero que no tenga hambre

Querido tío Manuel,

El gran dragón sigue aquí. Está echado en el patio, mirándonos por la ventana, como si esperara el momento perfecto para romper el vidrio y meterse.

Sus ojos asustan.

¿Crees que puede ser el papá de Arturo? ¿Será por eso que está aquí? ¿Será que ha venido a ver a su hijo?

¿Entonces por qué Ziggy no se lo permite?

¿Los dragones se divorcian?

Mamá dice que debo irme a la cama.

Si no recibes más correos míos es porque me comió un dragón enorme.

Edu

De: Eduardo Pérez Escabeche
Para: Manuel Escabeche
Fecha: martes 25 de octubre
Asunto: Aún estoy aquí

 Archivos adjuntos: madres unidas

Querido tío Manuel,

Aún estamos todos aquí. Incluyendo al dragón. Pasó la noche en el jardín. Casi no queda nada de las plantas de mamá.

Creo que está intentando hablar con Ziggy. Por lo menos lanza muchas llamaradas en su dirección y hace unos ruidos raros como ladridos.

Seguro que lo oye, pero ella se hace la sorda. Se la pasa en la cocina con su cabeza sobre el regazo de mamá.

No entiendo por qué, de repente, son tan buenas amigas.

Cuando le pregunté a mamá, me dijo: "solidaridad femenina".

Tengo que ir al colegio ahora. Me llevo a Arturo para mi exposición. Lo tengo en una caja de zapatos. Espero que le guste a la profesora Mora.

Abrazos,

Edu

De: Eduardo Pérez Escabeche
Para: Manuel Escabeche
Fecha: martes 25 de octubre
Asunto: Atrapados
Archivos adjuntos: no hay salida

Querido tío Manuel,

Soy yo otra vez.

No pudimos salir de la casa. El gran dragón está bloqueando la puerta.

Mamá le dijo que se quitara, pero no le hizo caso.

Se miraron fijamente por un largo tiempo.

Sabes lo feroz que puede ser mamá, pero el dragón ni pestañeó.

Uno de los dos tenía que moverse primero y fue el dragón, lanzándonos una llamarada.

Mamá nos empujó a Emiliana y a mí hacia dentro y tiró la puerta.

Tratamos de escapar dos veces más, pero siempre nos estaba esperando.

Así que no podemos ir al colegio, lo que es súper.

Quizás este gran dragón no sea tan malo después de todo.

Edu

De: Eduardo Pérez Escabeche
Para: Manuel Escabeche
Fecha: martes 25 de octubre
Asunto: Sumas y restas

Querido Tío Manuel,

Estaba equivocado. Quedarnos en casa es peor que ir a la escuela. Mamá nos obligó a hacer sumas y restas toda la mañana. Y va a ponernos más esta tarde.

Afortunadamente tengo una idea para salir de aquí.

Me acordé de lo que dijiste de haber domesticado a un enorme dragón en Mongolia con un morral lleno de chocolate.

Voy a ver si funciona con este dragón.

¡Deséame suerte!

Edu

Querido tío Manuel,

No funcionó.

Mamá me vio tratando de salir con todos los chocolates y dulces y me los confiscó.

Ahora ella y Ziggy están sentadas en el sofá, viendo televisión y compartiendo una caja de bombones.

Le dije a mamá que se estaba comiendo nuestra única posibilidad de escapar, pero ella solo se rió.

Creo que nos tendremos que quedar aquí para siempre.

Edu

Querido tío Manuel,

Sé que se supone que no debes hablar con nadie hasta el viernes, pero, por favor, ¿podrías llamarnos?

Hoy ha sido incluso peor que ayer.

Los dragones han estado peleando toda la mañana. El grande derribó la puerta de atrás e hizo desastres por toda la casa. Tiró la televisión y partió nuestra mesa de cocina por la mitad. También tumbó casi todos los cuadros de las paredes.

Tuvimos que encerrarnos en el baño.

Por fin salimos cuando la casa quedó en silencio.

Ziggy había echado al dragón grande al jardín. No sé cómo lo hizo.

Ahora Arturo y ella están acostados en lo que queda del sofá. Todos los cojines están rotos. Hay plumas por todas partes.

Emiliana está muy molesta porque no tenemos dónde sentarnos.

A mí me preocupa más lo que pueda hacer ahora el dragón grande.

Mamá llamó al retiro donde estás tú y habló con Swami Cosquillero. Él le dijo que no podía interrumpirte.

Mamá dijo que era una emergencia, pero Swami Cosquillero no quiso cambiar de opinión.

Si recibes esto, por favor llama a mamá LMPP.

Edu

De: Manuel Escabeche

Para: Eduardo Pérez Escabeche

Fecha: miércoles 26 de octubre

Asunto: RE: ¡Por favor llámanos!

Archivos adjuntos: meditación

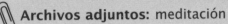

Hola, Edu,

Lo siento mucho, pero no puedo dejar el retiro antes de tiempo. Swami Cosquillero dice que le haría un daño permanente a mi paz interior.

Saldré el viernes al amanecer e iré directo a tu casa.

No sé exactamente por qué el dragón grande está molestando, pero supongo que es igual que cualquier padre orgulloso y simplemente quiere conocer a su hijo. Sería bueno intentar dejarlos pasar un tiempo juntos.

Si eso no es posible o no funciona, ir a un hotel, tu mamá, Emiliana y tú, sería una solución.

Le puedes decir a tu madre que, por supuesto, yo lo pagaría.

M.

Querido tío Manuel,

A mamá no le gustó tu idea de irnos a un hotel. Me miró como si yo fuera un perfecto idiota. Luego pasó como quince minutos preguntando por qué, pero por qué, estaba rodeada de hombres tan egoístas y tontos. Creo que se refiere a ti, a papá y al dragón. Quizá se refería a mí también. No estoy seguro.

De todas maneras, tío Manuel, ¿no podrías hablar con Swami Cosquillero otra vez y pedirle un permiso especial para salir antes?

Si no, puede que tengas que pagar mucho más que una noche en un hotel. Si los dragones siguen así, tendrás que comprarnos una casa nueva.

Edu

Querido tío Manuel,

No vas a creer lo que acaba de pasar. Estaba en la sala con Arturo y Ziggy cuando el dragón grande apareció por la ventana. Empezó a lanzar fuego y a hacer esos ruidos raros como de ladridos.

Obviamente, yo no entendí lo que decía, pero parecía que Ziggy lo estaba escuchando. Luego parecía que le contestaba. Finalmente se acercó a la puerta.

Me miró. Supe lo que quería. Quité el picaporte y los tres salimos: primero Ziggy, luego Arturo y después yo.

El dragón grande empezó a batir sus alas. Lentamente al comienzo y luego más y más rápido.

Arturo se montó en su espalda.

Y ascendieron.

Pensé que sería la última vez que los vería y lamenté que mamá y Emiliana no estuvieran allí para despedirse. Me volví a mirar a Ziggy y vi que estaba acercando su cuello al suelo.

Tenía una expresión extraña en los ojos.

Y me di cuenta de que era una invitación.

Menos mal que mamá y Emiliana no estaban, porque si hubieran estado me habrían gritado que me metiera en la casa.

Pero como estaba yo solo, podía hacer lo que quisiera.

Pasé mi pierna sobre el cuello de Ziggy y me subí a su espalda. Tan pronto me acomodé ella batió sus alas y subimos, más allá de los árboles y más arriba, sobre los techos y más y más y más alto.

¡Estaba volando!

Sabía que no debía mirar hacia abajo, pero
no pude evitarlo. El jardín se veía diminuto.

Pude ver al otro dragón sobre nosotros,
como una gran silueta en el cielo.

Subimos más y más alto, hasta que las
nubes nos envolvieron. No veía nada,
excepto blanco. Y hacía frío también. Si
Ziggy no hubiera estado tan caliente, me
habría congelado.

De repente, atravesamos las nubes y salimos a la luz del sol. El dragón grande estaba justo delante de nosotros. Con unos cuantos aleteos, Ziggy llegó a su lado.

Pude ver a Arturo brincando sobre la espalda de su papá, pero yo me agarraba lo más fuerte que podía, apretando mis brazos alrededor del cuello de Ziggy, ya que no tenía alas que me salvaran si me hubiese llegado a caer.

De repente el dragón grande se volteó y voló cabeza abajo. Luego volvió a enderezarse.

Ziggy hizo lo mismo.

Por un instante yo estaba ¡al revés!

Luego ambos hicieron piruetas en el aire.

Tres veces.

Arriba y abajo.

Subimos y bajamos dando vueltas y vueltas.

Los dos dragones se turnaban haciendo

acrobacias, como diciendo, "¡mírame!, ¿puedes tú también hacer esto?".

Creí que iba a vomitar, pero, de hecho, fue Arturo quien lo hizo.

Supongo que es porque solo tiene cuatro días de nacido.

Creo que los dragones pensaron que ya era suficiente, porque de repente íbamos en picada hacia la tierra.

Íbamos tan rápido que pensé que nos estrellaríamos contra la casa, pero en el último momento ambos dragones frenaron y aterrizamos suavemente en el patio.

Ahora los tres están dormitando. Yo entré porque no me podía aguantar las ganas de contarte la aventura.

Edu

De: Eduardo Pérez Escabeche

Para: Manuel Escabeche

Fecha: miércoles 26 de octubre

Asunto: Se fue

Archivos adjuntos: tranquilidad

Querido tío Manuel,

No te preocupes por dejar el retiro temprano. Quédate todo el tiempo que necesites. El dragón grande se ha ido y no creo que vuelva.

Mamá dice que probablemente tenga otra novia en alguna parte y quizá sea así, pero estoy seguro de que esa no es la razón por la que se fue.

Creo que vino a ver a su hijo y ahora que lo ha visto, se pudo ir.

Llevar a Arturo a volar debe haber sido su manera de despedirse.

Supongo que es igual que cuando papá me lleva al cine antes de volver a Cardiff.

Aquí todo está muy tranquilo ahora que estamos solos los cinco.

Mamá y Ziggy están viendo una película en blanco y negro en la tele.

Arturo y Emiliana están jugando Monopolio. Ninguno de los dos conoce las reglas. Solo empujan las piezas en el tablero y hacen un desastre con el dinero. Emiliana suelta risitas y Arturo sopla pequeñas nubes de humo por su nariz.

Espero que disfrutes de tu último día en el retiro y nos vemos el viernes.

Edu

De: Manuel Escabeche
Para: Eduardo Pérez Escabeche
Fecha: sábado 29 de octubre
Asunto: RE: ¡Se fue!

Archivos adjuntos: hogar dulce hogar; recorte

Hola, Edu,

Al fin llegamos a casa después de una interminable jornada de tren y un viaje tormentoso en la lancha del señor McRoble. La casa se siente mucho más pequeña con dos dragones, aunque uno de ellos sea solo un bebé. Cuando Arturo crezca tendré que construirles a él y a Ziggy su propio hogar.

Quiero agradecerte una vez más por cuidarlos tan bien.

Por favor, dile a tu madre que realmente estoy avergonzado por todos los problemas que causaron.

Probablemente no te guste lo que te voy a decir, pero creo que ella tenía razón sobre Arturo. Tener una mascota es mucha responsabilidad. Te aconsejo que aceptes su oferta. Sé que los hámsters no son muy emocionantes, pero cuando seas mayor podrás encontrar algo más grande.

Y, por favor, dile también que dije en serio lo del retiro. La noto muy estresada. Una semana de silencio y yoga la harán sentirse mucho mejor.

Y mientras ella esté con Swami Cosquillero, puedes venir, también con Emiliana, a visitarnos. Sé que a Ziggy y a Arturo les encantará. Y a mí también.

Muchos cariños de tu afectuoso tío.

Manuel

P. D. ¿Viste esto?

The Scotsman

Sábado 29 de octubre

¿Es un pájaro?
¿Es un avión?
No, ¡es un dragón!

Fotografía cortesía de Anabel Becerra

Pasajeros del vuelo de British Airways de Londres a París dicen haber visto una cosa asombrosa: dos enormes criaturas verdes volando al lado del avión.

Ni el piloto ni los controladores detectaron nada inusual, pero al menos cien pasajeros están convencidos de que fueron visitados por dragones. La diseñadora de modas Anabel Becerra no podía creer lo que vio. Ella vuela de Londres a París una vez al mes, y ha visto de todo, desde David Beckham hasta la torre

Anabel Becerra, diseñadora de modas

Eiffel, pero su asombro fue grande cuando vio, según relata, un dragón volando cerca de su ventana.

–Al principio creí que era un enorme pájaro –dijo la asombrada mujer de 27 años–. Pero nunca había oído de pájaros que respiraran fuego por las narices.

El profesor Jorge Tules, experto en aviación comercial, ha examinado las fotos tomadas por los pasajeros del avión y asegura que los "dragones" son probablemente una ilusión óptica causada por el sol sobre las nubes.

–Seguramente el servicio de a bordo estuvo sirviendo demasiadas bebidas gratis –se burló–. Uno de los pasajeros hasta dijo haber visto ¡un niño montado sobre la espalda de uno de los dragones!

Anabel Becerra no está de acuerdo:

–Sé lo que vi –afirmaba anoche–. No fueron arcoíris ni sombras. Eran auténticos dragones.

INSTRUCCIONES PARA CUIDAR DRAGONES

Como sabes, Ziggy tiene un apetito excelente y le encanta pasar todo el día merendando. Pero yo trato de que cumpla el mismo horario de comida que yo.

Come de todo, excepto curry y avena.

Por favor, que no coma helado porque le da indigestión. Pero le encanta, así que no le dejes ninguno a mano.

No olvides: ¡los dragones hacen lo que sea por el chocolate!. Generalmente guardo varios trozos para emergencias.

Ziggy no es una criatura enérgica. Generalmente duerme toda la noche y gran parte del día y solo requiere ejercicios suaves. Si se pone inquieto, sale a volar y regresa a tiempo para tomar el té.

Generalmente lo dejo salir para que haga sus necesidades después del desayuno y antes de acostarse. Seguro habrá accidentes y por supuesto que los compensaré por cualquier daño.

Le gusta acurrucarse en cualquier parte, aun en suelos duros de piedra, pero agradecería que le pusieras unos cojines. Por favor, no lo dejes dormir en tu cama —no quiero que se acostumbre a malos hábitos—.

Le he cortado las garras, así que no necesitas hacerlo, pero, si fuera necesario, recomiendo tijeras de jardín.

Si le vuelve el sarpullido, llama a Isobel McIntyre, nuestra veterinaria en Colina Abajo. El número está en la otra página. Conoce bien a Ziggy y puede ayudar en una crisis.

Si la emergencia no es médica, contacta con el señor McDougal. Te dejo el número del ashram, pero seguramente no contestarán. Como dice el swami: "El silencio es el sonido de la paz interior".

Gracias otra vez por cuidar a Ziggy, y nos vemos el viernes.

M

De: Manuel Escabeche

Para: Alicia Mora

Fecha: martes 8 de noviembre

Asunto: Re: visita escolar

Estimada profesora Mora,

Gracias por su correo tan amable. No era necesario que se presentara. Eduardo me ha contado lo mucho que le gustan sus clases, lo que, viniendo de mi sobrino, es una gran alabanza, se lo aseguro.

Su sugerencia de que vaya a visitar la escuela para hablar de mis viajes me halaga. La verdad es que he visitado algunos sitios extraordinarios, y siempre disfruto de hablar sobre los meses que pasé etiquetando pingüinos en La Patagonia, o de mi viaje en curiara por el Amazonas.

Sin embargo, hace años decidí instalarme en una pequeña isla de la costa escocesa, y tengo deberes aquí. También, debo confesar, me pongo muy nervioso al hablar en público y probablemente aburriría a sus estudiantes.

En vez de ir en persona, ¿puedo ofrecerle una copia de mi libro? Será publicado este año por una pequeña editorial y se llama *Las serpientes aladas de Zavkhan: en busca de los dragones de Mongolia.*

Le mandaré un par de copias a Eduardo para que lleve una al colegio. Quizás usted le pueda leer algunos capítulos a su clase. Obviamente no quisiera alentar a los estudiantes a buscar dragones –son criaturas tranquilas y prefieren que las dejen en paz–, pero me gustaría inculcar en las generaciones jóvenes el respeto por los animales silvestres y la sed de aventura.

Muchos saludos,

Manuel

Otros títulos
de esta serie:

Dragonero

El castillo de Dragonero